ÉPITRE MORALE.

ÉPITRE MORALE

L'AVARICE ET L'AMBITION;

Par

A.-E. M***.D**.

Riom,

IMPRIMERIE DE E. THIBAUD, RUE DES TAULES, N° 6.

1832.

Riom,   Août 1832.

Je t'envoie, mon cher ami, l'Opuscule que tu m'as demandé. N'y porte pas un œil sévère, ma Muse surannée est faible et languissante. Reçois-le comme un nouveau gage de mon affection pour toi.

J'aurais pu y ajouter des notes et citer les écrits où j'ai puisé les différens traits qui se sont offerts à ma mémoire; mais des lecteurs instruits se moquent de ce vain étalage. Pourquoi grossir un petit Ouvrage, et faire parade d'une érudition prétentieuse? Que sert de rappeler des Anecdotes connues, et remettre au jour des choses qui offrent peu d'intérêt?

On se pare aujourd'hui des dépouilles des autres; on se met à la quête, à l'emprunt, à la besace; on ennuie son lecteur par des redites souvent insipides.

L'Épitre morale diffère beaucoup de la Satire; elle n'a point ces traits aigus qui piquent au vif;

ce n'est pas une arme offensive et meurtrière : mais, unissant l'exemple au précepte, elle ne laisse pas de faire une grande impression sur l'esprit du lecteur. Le vice qui paraît s'y montrer sous des formes moins hideuses, n'en est pas moins ridicule et digne de mépris.

Puisse cette Épitre charmer un moment tes loisirs. Ai-je atteint mon but? C'est à toi de prononcer. Ton goût exquis, ton jugement sain, tes connaissances variées, m'eussent été d'un grand secours. J'aimai toujours la poésie, mais la soif de l'Hypocrène n'est rien sans le génie, qui crée, embellit et perfectionne.

Salut et attachement,

M***. - D***.

QUI ME DEMANDAIT UNE SATIRE

CONTRE L'AVARICE.

Tu veux que m'érigeant en Juvénal nouveau,
De l'avare égoïste arrachant le bandeau,
A ce vice odieux je déclare la guerre.
Ce vœu choque mes goûts, mes mœurs, mon caractère.
La satire, on l'a dit, est un triste métier,
Le rôle de censeur est fait pour effrayer.
   Quoi! je pourrais empoisonner ma plume
   Et l'abreuver de fiel et d'amertume!
Réformer les humains! quelle tâche grands dieux!
   Tous mes efforts seront infructueux.
Des méchans obstinés c'est échauffer la bile.
En moi l'on ne verra qu'un imprudent Zoïle,
    Qui se plaît à lancer des traits,
   Et veut donner des avis indiscrets.
Essayons, cependant, de peindre l'avarice,
Epargnons la personne en attaquant le vice;

Faisons sentir l'horreur de ce penchant honteux,
Qui rapetisse l'homme et le rend odieux.

L'avare est inhumain, et son âme insensible
    Fermée aux cris des malheureux
Ne s'attendrit jamais et demeure inflexible.
    Aux sentimens nobles et généreux
        Cette âme froide est étrangère.
    Sans l'assister il voit souffrir son frère,
        Et sans pitié pour ses malheurs,
        Il n'essuya jamais ses pleurs.
    Lui tendrait-il une main tutélaire ?
        Voudrait-il être son appui ?
L'avare au cœur d'airain n'existe que pour lui.
    N'envions pas sa stérile opulence,
Il se prive de tout..... O triste jouissance !
    Le jour, la nuit, en couvant son trésor,
    L'avare est pauvre au milieu de son or.
Voyez-le, en ses désirs, ardent, insatiable,
De Tantale, à nos yeux, réaliser la fable :
        Ce malheureux, dans un fleuve enfermé,
Ne peut calmer la soif dont il est consumé.
L'avare est le fléau, l'effroi de la nature;
Il s'épargne souvent sa propre nourriture.
    Les meilleurs mets ne peuvent le tenter.
En contemplant son or, qui fait son bien suprême,
    Ivre de joie, il se dit à lui-même :
    N'y touchons pas, il vaut mieux l'augmenter.
        On fronde ma folie extrême,
    Je jouis, dit-on, sans jouir,
Mais je peux tout avoir, si tel est mon plaisir.

Muse, raconte-nous ce que fit un avare,
    Dont, par bonheur, l'espèce est assez rare.

Il habitait Paris, dans toutes les saisons,
Fréquentait les cafés, y volait des bouchons.
   En les vendant, à la fin, le pauvre homme,
Parvint à ramasser une petite somme.
A très-gros intérêts il plaça cet argent,
Agiota si bien qu'il devint opulent.
   Il eut bien fait de n'être qu'économe,
Mais écus sur écus cet avare entassait,
   S'épargnait tout, même à peine il mangeait.
Seize lustres complets dont se formait son âge,
La sordide avarice, et des ans le ravage,
Enfin l'avaient conduit à la caducité.
D'un squelette effrayant c'était l'affreuse image,
Chacun, à son aspect, fuyait épouvanté.
Il ne se montrait plus. Quelqu'un du voisinage,
   (On pense bien qu'il n'avait point d'amis,)
     Grimpa jusqu'au dernier étage
     Pour arriver à son taudis.
Il n'avait plus qu'un souffle, et respirait à peine ;
   Exténué, décharné, languissant,
   Sur son grabat étendu tristement,
     Sa fin était déjà prochaine.
Prenez, dit le voisin, un bouillon succulent,
Quelques gouttes de vin qui soutient, fortifie ;
Vous leur devrez, peut-être, une plus longue vie.
Que votre pouls est faible, et qu'il bat lentement !
C'en est fait...., vous allez mourir dans un moment.
Voisin, que dites-vous? la dépense est trop grande,
Moi, prendre du bouillon ! qui mangera la viande ?
     Bientôt à son dernier soupir,
   Il ne prend rien, et se laisse mourir.

Exécrable avarice ! ô passion étrange !
   En or, argent, billets, lettres de change,

Il possédait cent mille écus.
Qui porterait envie à ce nouveau Crésus?
De parens éloignés, plongés dans l'indigence,
    Dont il n'obtint ni larmes ni regrets,
        Son trépas combla les souhaits.
On ne doit le tribut de sa reconnaissance
        Qu'à ceux qui versent des bienfaits.

Oh! que l'avare est dur, cupide, impitoyable!
Dans ses vastes greniers il entasse des grains;
    En spéculant sur de sordides gains,
Il dévore, épiant le moment favorable,
        La substance du malheureux,
Et sait mettre à profit les temps les plus fâcheux.
    Si l'indigent, que la misère accable,
Implorant sa pitié, lui demande du pain,
Travaille, lui dit-il, et tu n'auras plus faim,
Tu n'es qu'un fainéant, un gueux, un misérable.

    Il me souvient d'un avaricieux
Que tourmentait, du jeu, le goût pernicieux.
Même en perdant beaucoup il gardait le silence,
        Son air semblait calme et serein,
        Mais l'enfer était dans son sein,
        En proie à l'horrible souffrance.
De retour au logis, exhalant son chagrin,
        Portant le trouble en son ménage,
    Il s'emportait, dans l'excès de sa rage,
Contre ses serviteurs, sa femme, ses enfans,
    Leur reprochait même les alimens.
    Il maudissait leur chétive existence,
    Et se plaignait de sa grande dépense.
En imprimant ses dents sur son dernier écu,
De la fortune aveugle accusant l'inconstance,

Un jour il s'écriait : Hélas ! j'ai tout perdu !
   Il semblerait que sa détresse
   Pour lui dût être une leçon ;
   Quelques jours après l'Harpagon
Court après son argent dans l'ardeur qui le presse :
Cherchant en vain du sort la perfide caresse,
Il est, de plus en plus, en butte à sa rigueur.
A la fin, succombant sous le poids du malheur,
   L'œil hagard, le regard farouche,
Il se traîne au logis, et tombe sur sa couche.
Dégoûté de la vie, il est au désespoir,
Et sur lui la raison a perdu son pouvoir.
Dans le suc de pavots, qui circule en ses veines,
Il trouve le trépas et la fin de ses peines.

Rappelez-vous le temps des assignats,
Ce fléau du commerce, et celui des États.
L'avare gardait l'or au fond de sa cassette,
Recevait, en grondant, ces papiers sans valeur,
   Mais il goûtait quelque douceur,
   Lorsque sans bruit il comptait en cachette.
   Il craignait moins d'être surpris.
Les billets au porteur et les lettres de change
   Pour l'avare ont le plus grand prix.
Dans un double carton en secret il les range,
En un moindre volume ils sont tous réunis.
Ces effets, se dit-il, ont leur cours dans le monde,
En les négociant, bientôt l'argent m'abonde.

   Argante, en répandant son or,
Se ferait des amis, des protecteurs encor.
Il aurait, à son gré, dans une maladie,
   Un médecin pour lui sauver la vie,

En dépit d'une épouse et de tristes enfans :
    Qu'il opprime à tous les instans.
Mais il n'aime que l'or..... Telle est son avarice,
Que jamais il ne fait le moindre sacrifice.
Pourtant plus d'un avare, et le fait est réel,
Enrichit à sa mort un enfant naturel.
On sait que de Richmond une illustre duchesse
Fit, par un testament d'une bizarre espèce,
    Des legs nombreux que l'on ne croira pas.....
Pour qui? me dira-t-on, devinez,..... Pour ses chats.
Ne valait-il pas mieux, pendant son existence,
De tout son superflu soulager l'indigence?

Un avide traitant, un puissant directeur
    Dont l'opulence a dépravé le cœur,
    Lorsque le pauvre humblement le supplie,
Loin de le soulager, et le brusque et s'écrie :
Retire-toi, coquin, tu n'as point d'industrie,
Tu manges tout ton bien; te donner est un mal,
Tu ne mérites pas un billet d'hôpital.

    Il faut pourtant rendre justice
    A ces riches nécessiteux;
    Ils sont eux-mêmes malheureux
    Et victimes de l'avarice.
De cet esclave aux mines condamné,
Avec peine arrachant les métaux à la terre,
Celui qui cache l'or, partage la misère;
    Pour son malheur on dirait qu'il est né.
    Lorsque si loin il porte la lésine,
L'avare a des motifs qui nous sont inconnus,
    Ils pressent des maux imprévus,
C'est la guerre qu'il craint, la peste ou la famine.

Pourquoi s'épargne-t-il chaque jour un repas,
Narsès, qui fait l'usure, ose prêter sur gages?
    C'est son secret, ne le pénétrons pas;
    Il a toujours de sinistres présages,
Et pense que les grains doubleront de valeur.
    Pourquoi voit-on plus d'un fonctionnaire,
        Le traitant et le fournisseur,
    Tromper, voler le public sans pudeur?
C'est qu'on veut s'enrichir pour qu'on vous considère;
On donne des banquets où l'on fait bonne chère;
On devient député, ministre, ambassadeur.
Que de crimes honteux, d'intrigues, de bassesses
    N'enfante pas le désir des richesses!
Maint procureur habile et rempli d'entregent,
En voyant le respect que l'on a pour l'argent,
Désireux des honneurs que cet argent procure,
Tire de son étude un prix exorbitant,
Et par ses protecteurs il se traîne, en rampant,
Aux plus nobles emplois de la magistrature.
L'Esculape veut tout embrasser maintenant;
Médecine et chimie, il sait tout promptement;
Il est opérateur, pédicure, oculiste,
Accoucheur très-habile, et même bon dentiste.
Le financier domine ainsi que l'avocat;
Ils siègent au conseil, et gouvernent l'état.
Comme l'on est précoce, au siècle des lumières!
        Combien nous surpassons nos pères!
    Interrogeons aujourd'hui nos enfans;
    Droit Romain et Français, même le droit des gens,
L'administration, la haute politique,
Les lettres, les beaux arts, génie et mécanique;
Le jeune homme apprend tout, tranche, décide, explique...
C'est un prodige rare et des plus étonnans....
Eh bien! qui le croirait? Il n'a pas vingt-cinq ans.

L'ambition coupable aussi-tôt le dévore,
S'il obtient la fortune, il sollicite encore
Des honneurs et des croix, des emplois éminens.
O pouvoir merveilleux de la démagogie!
On voit naître, par toi, d'étranges changemens.

Un publiciste expert, sans doute en la magie,
A laissé des écrits qui prédisent les temps
Où doit changer le sort de sa belle patrie.
Si j'ai quelques lecteurs, plus d'un va s'écrier :
C'est le fameux *de Pradt* ou le grand *Montlosier.*
Non, non, ce ne sont pas ces écrivains célèbres;
L'auteur veut se cacher dans d'épaisses ténèbres.
Il se fera, dit-il, un grand débordement
Que n'arrêtera point la plus puissante digue.
La dépravation, la cabale et l'intrigüe
Viendront tout inonder dans le gouvernement.
Le despotisme affreux étendra son ravage,
Comme un brouillard épais qui couvre un marécage,
Et dérobe à nos yeux le soleil éclatant.
Les amis du pouvoir et de l'ancien régime,
Ministres, haut clergé, qu'un même esprit anime,
Oseront essayer le plus grand coup d'état.
La liberté, nos droits, notre Charte immortelle,
Ils voudront tout saper dans leur rage cruelle,
Mais ils seront punis de leur noir attentat.
Le monarque déchu tombera de son trône;
Il trahit ses sermens, la foi comme l'honneur;
Un autre élu du peuple obtiendra la couronne.
Sage, éclairé, mûri par le malheur,
Voulant à l'énergie allier la douceur,
   Il ne pourra gouverner par lui-même
La grande nation qu'il honore et qu'il aime.
Des ministres peureux, d'une apathie extrême

Et d'un esprit calculateur
Affaibliront en lui l'autorité suprême.
En gardant le juste milieu,
On promettra beaucoup, et l'on tiendra très-peu.
Un énorme budget pésera sur la France,
On ne réduira point les impôts, la dépense.
On enrichira trop les premiers magistrats,
Les receveurs, les préfets, les prélats.
Ces vrais soutiens de toute monarchie,
L'antique bonnefoi, la loyauté, l'honneur,
Le céderont au luxe corrupteur,
A l'égoïsme, à la faveur,
Au sordide intérêt, à l'intrigue ennemie.
L'amour sacré de la patrie
Se glacera, s'éteindra dans les cœurs.
Les lois ne sont plus rien sans les vertus, les mœurs.
L'intérêt, quelque temps, qui meut tout sur la terre,
Semblera réunir la France et l'Angleterre;
C'est un leurre : peut-on se fier aux Anglais?
C'est être un peu trop débonnaire,
C'est croire à l'éternelle paix,
Et qu'Alger doit rester pour toujours aux Français.
L'Anglais, que notre gloire inquiète, importune,
Non content de tenir le trident de Neptune,
Sans foi, sans loyauté, tout prêt à nous trahir,
Nous désunit toujours pour mieux nous affaiblir.

Nous ne consultons plus que l'intérêt sordide,
Au nom de liberté, l'on trompe, on dilapide,
Le fisc absorbe tout, n'en a jamais assez.
De ces Droits Réunis, dont le poids nous accable,
On nous laisse toujours la charge insupportable.
Voyez de toutes parts déplaçans, déplacés,
Les partis, tour à tour, triomphans, renversés.

L'un fait le modéré pour conserver sa place,
L'autre devient carliste, et pleure sa disgrâce.
Ennemis du bon ordre, et des lois, du repos,
La république, encore, a d'odieux suppôts.
Se peut-il? L'anarchie amène le pillage.
    Ils sont donc fous, dira le sage;
    Raisonne-t-on quand on est en fureur?
Non, non, de la raison l'on méconnaît l'usage,
La passion aveugle, et fomente l'erreur.
L'homme passionné repousse un vrai langage,
Prouve-t-on qu'il a tort, il injurie, outrage;
On ne peut de ses yeux arracher le bandeau,
Pour le guider la nuit il refuse un flambeau.

Reprenons mon sujet. Cette infâme avarice,
Ces goûts dissipateurs, et la vertu, le vice,
Les extrêmes enfin, se touchent très-souvent.
    Philinte entasse et borne sa dépense,
      Mondor dissipe follement.
    Ainsi le veut la suprême puissance,
Qui commande à la mer le flux et le reflux,
Sait réconcilier la chaleur et la pluie
      Par des moyens qu'elle a prévus.
    C'est sur la mort qu'elle fonde la vie,
La durée, en ce monde, est due au changement.
Aux sphères des cieux cette puissance apprend
Les cercles variés qu'elles doivent décrire,
Tout naît, périt par elle, et vient se reproduire.

Le pâle Mammon sèche auprès de son argent;
Pour d'autres cet avare amasse à tout moment:
C'est comme un réservoir qui renferme son onde,
D'où jaillira bientôt une source féconde,
Où puisera sans cesse un avide héritier.

L'avare, quand il doit, n'aime point à payer;
Il n'est pourvu de rien, et quoique prêt à prendre,
S'il refuse un repas, c'est qu'il craint de le rendre.
Lorsque le nouvel an nous ramène janvier,
Pour ne pas recevoir ses parens, son fermier,
Il feint d'être malade, et se met au régime.
On lui propose en vain l'intérêt légitime,
Aux plus gros intérêts il prête son argent,
  C'est un vampire dévorant;
  C'est la trop avide sangsue
Qu'on prodigue si fort qu'à la fin elle tue,

Le vieillard Lisimon ne manquait pas d'esprit,
  Mais par l'avarice il flétrit
  Et sa fortune et sa naissance.
 Des froids hivers il bravait l'inclémence.
Sa cuisine, où jamais la broche ne tournait,
 Par sa froideur même le disputait
Aux grottes de son parc, négligé, solitaire.
Le pourpier, le cresson, dont se couvrait sa cour,
 Lui fournissaient des soupes chaque jour,
Des salades encor qui ne lui coûtaient guère,
Eh! pourquoi le blâmer? Il avait ses desseins,
C'était pour imiter les ermites, les saints.
  Au lieu d'assister l'indigence,
  Il confiait les malheureux
  Aux doux soins de la Providence,
Qui lui donna des biens pour les verser sur eux.
Il avait un château gothique et des plus vieux.
  Au dehors régnait le silence,
  Au dedans la triste abstinence.
  Le voyageur qui s'égarait,
 Pendant la nuit, dans l'épaisse forêt,
Pestait contre le cancre épargnant sa lumière,

Et ne donnant jamais un abri tutélaire,
Son fils prodigue et sot agit tout autrement;
Il tenait bonne table, et faisait bonne chère,
Invitait ses voisins, surtout certain gourmand
    Dont l'estomac et large et complaisant,
Bravait tous les excès; mais ivre assez souvent
On dit qu'il revenait à son toît solitaire.
Le fils, qui dissipa tout le bien de son père,
    Vendit même son vieux château,
Et pauvre il descendit dans la nuit du tombeau. —

Le riche doit donner au besoin, au mérite
Avec discernement des secours généreux.
    Envers le ciel et la terre il s'acquitte,
Un bon cœur ne jouit qu'en faisant des heureux,
Le plaisir le plus doux et le plus véritable,
C'est de faire le bien, et d'aider son semblable.
En faisant circuler des trésors enfouis,
On soutient l'ouvrier et l'on sert son pays;
Tout s'alimente alors, arts, commerce, industrie,

Aux gens de qualité le pauvre qui se fie
Les sollicite en vain; son espoir est déçu.
Le flatteur qui les trompe est toujours bien reçu,
L'opulent fastueux n'admet point à sa table
Le mérite oublié, le modeste savant,
Mais un vil histrion, un joueur détestable,
La Laïs effrontée et l'adroit intrigant.

Muse adoucis tes chants, à ma voix sois docile,
Du simple et bon Damon esquisse-moi les mœurs,
Il ne changea jamais de formes, de couleurs.
    Ami de son paisible asile,
    Il se rendit toujours utile,

Cultiva son jardin, par ses soins plus fertile,
    Damon, bon père et bon époux,
  A son épouse, à ses enfans qu'il aime,
    Prodiguant les soins les plus doux,
Dans leurs embrassemens trouve un bonheur suprême,
Au fracas de la ville il préféra les champs.
Il joignit des forêts à de gras pâturages;
    Il embellit d'épais feuillages,
Et la cime des monts, et les coteaux rians.
    C'est lui qui de ce roc aride
  A fait couler une source limpide,
    Elle n'élève point aux cieux
De vaines gerbes d'eau pour le plaisir des yeux,
    Sans retomber en cascades bruyantes,
Elle roule, sans art, ses ondes transparentes.
Malades et pasteurs y trouvent un air frais,
Une saine boisson, des plaisirs purs et vrais.
Il fut le bienfaiteur de tout le voisinage,
Dans l'étroite vallée il ouvrit un chemin,
Planta ces grands ormeaux qui donnent de l'ombrage,
Et défendit toujours la veuve et l'orphelin.
Ce clocher, qui domine au milieu du village,
    Il fut construit à ses dépens.
  Damon chérit, instruit tous les enfans,
  On le bénit, chacun lui rend hommage.
  Doux, tolérant, rempli d'activité,
Sans se donner de grands airs d'importance,
    Il soutient par sa bienfaisance
    Une maison de charité,
Où règnent, à la fois, l'ordre et la propreté.
    Cette fille qu'il a dotée,
Ce fermier qu'il aida dans les jours trop fâcheux,
Exhaltent, à l'envie, cet homme vertueux.
Plus d'un vieillard lui doit la paix qu'il a goûtée.

Au malade, à l'infirme, il donna des secours.
    S'élevait-il une querelle?
    C'est à lui qu'on avait recours.
    L'union renaissait toujours
    Grâce à sa bonté paternelle.
L'empirique en colère à son aspect fuyait,
L'impitoyable huissier aussi le maudissait.
Cet homme simple, honnête, et bon par excellence,
    Fut des vertus le modèle accompli;
Nul monument, pourtant, ne s'éleva pour lui;
Sa famille et son nom restèrent dans l'oubli,
    Ce n'est qu'au Ciel qu'il eut sa récompense.

Pour un comte, un marquis, il en est autrement.
Longpré vient de mourir; il est riche, puissant;
    Mille flambeaux brûlent dans sa chapelle,
      Et quand vivait cet Harpagon,
      Il épargnait une chandelle.
Sur un tombeau de marbre on a gravé son nom.
Il rendit malheureux ses enfans et sa femme,
Le seul bien qu'il a fait, c'est quand il rendit l'âme.

Peut-être ignorez-vous le destin trop affreux
    D'un avare à jamais fameux :
De son argent ce misérable esclave,
L'avait enseveli dans le fond de sa cave.
Il veut aller revoir et recompter son or;
Une porte de fer défendait son trésor.
    Plein de l'ardeur qui le transporte,
    Il croit avoir bien fermé cette porte,
    Lorsque soudain, le plus grand coup de vent
L'agite sur ses gonds et la ferme à l'instant,
    O sort cruel! l'infortuné l'ignore.....
Il a déjà compté son or et ses écus......

L'avare veut sortir…. Hélas! il ne peut plus :
L'horrible désespoir le saisit, le dévore.
    Enfermé dans ce souterrain,
O tourment des damnés! il va mourir de faim.
Concevez, s'il se peut, son supplice effroyable….
On le découvre…. O mort à nulle autre semblable!
L'avare, dans sa rage, avait rongé ses bras
Pour assouvir sa faim, retarder son trépas.
Le ciel punit ainsi sa passion coupable.

Tant d'exemples frappans deviendront superflus.
On moralise en vain, l'homme ne change plus.
Les plus touchans discours n'en feront point un ange,
L'homme sera toujours un bizarre mélange
De vices monstrueux, de sublimes vertus.
Philosophes d'un jour, quelle entreprise étrange!
Quoi! vous voulez du monde extirper les abus!
C'est toujours vainement qu'on les a combattus.
L'un dépense beaucoup, quand un autre accapare.
    Les temps passés, les temps présens
Nous offrent le prodigue à côté de l'avare.
    Que de contrastes étonnans
Ne voit-on pas partout dans la nature!
A la neige, aux frimats, à la triste froidure,
Succèdent les zéphirs, les roses du printemps.
Près de ces champs féconds, qu'embellit la culture,
Des tourbillons de feu sortent d'affreux volcans.
Quand l'œil s'est reposé sur des sites rians,
Nous trouvons des déserts arides, sans verdure.
Vois ces pompeux lambris d'or, d'azur éclatans,
    Avoisiner une pauvre chaumière.
    Les ténèbres et la lumière,
La beauté, la laideur. et les nains et les grands,
    Les faibles d'esprit, les savans,

Les paresseux, les vigilans,
        Et l'opulence, et la misère,
Le mérite éconduit, qui rarement prospère,
        L'ambitieux toujours aux premiers rangs,
En vérité, voilà tous les tableaux mouvans
Qu'on voit et reverra tous les jours sur la terre.
        Et nous, du joug impatiens,
        Témoins des caprices fréquens
        De la fortune mensongère,
Qui poursuivons la gloire, hélas ! trop éphémère,
Qui briguons les honneurs fragiles, décevans,
Indociles aux lois, ce frein si tutélaire,
Que le désir d'avoir rend toujours mécontens,
Dont la crainte et l'espoir troublent la vie entière,
Aux vœux immodérés tâchons de nous soustraire,
Voyageurs ici-bas, pendant quelques instans,
        Tant de projets extravagans
Ne peuvent qu'enlaidir notre courte carrière.
Si le sort nous sourit, ou s'il nous est contraire,
Que notre âme soit pure, égale en tous les temps.
    Résignons-nous, apprenons à nous taire,
        Si la patience est amère,
Elle donne des fruits qui sont doux, excellens.